날 넘에게 와요

혼잣말로 중얼중얼 사랑에세이

서나래 지음

중앙books
JoongAng Ilbo

contents 차례

Prologue 누구나 우리는

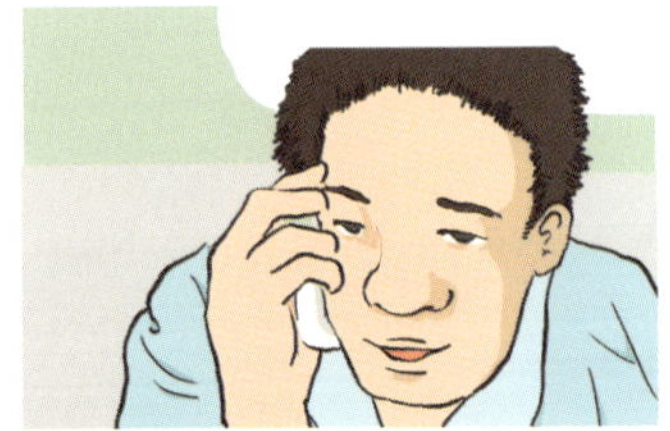

누구나 사랑을 한다

사랑 [명사, love]
인간의 근원적인 감정으로
인류에게 보편적이며, 인격적인 교제,
또는 인격 이외의 가치와의 교제를
가능하게 하는 힘.

그러나 그런
성숙한 느낌의 단어와는
전혀 어울리지 않는

어느 봄날의

유치하고 풋내나는
'사랑'도 잊었더랬다

남이사는 이야기

남에게
와요

1장
다살이살판

#1 그를 보았네

흔히들 이런 말을 쓴다

"대학만 가면"

마치 대학이 무슨
마법의 문이라도 되는 양

물론 피나는 노력과 인내를 통해
변신하는 경우도
있긴 하지만,

어영부영 살아온 나로서는,
별로 달라진 게 없었다

3월은 동아리의 계절

쓸데 없이 자주
인간의 한계에 도전하는 나였다

학

하악

학

학

달려라!!
달려라
육신아..!!

나중에야 알았지만,
그 길은 전혀 빠른 길이 아니었다

쫑과 나는 이 사건을 두고
그때 그러지 않았다면
어땠을까 하고 회상했다

늦지 않아서 느긋하게 갔다거나
그 사람이 길을 제대로
가르쳐 주었다면

그래서 농구를 하고 있던 그들

보지 못했다면

어땠을까 - 하고

하

하지만 훗날
아무리 생각해 봐도,

그렇게 되어서 잘 되었다는
생각이 들었다
낡이사는 이야기

나람에게 와요...

수업이 끝나고 나는
동아리방들을 둘러보기로 했다

그때...

농구를 하고 있던 그를 만났다

나는 호기심 반, 진심 반으로

들어가 보기로 했다

실례합니…

사람들이
바닥에
누룽지처럼
붙어있다!
저…

동아리에
가입을 하고
싶은데요

오-
신입생?
낡의선배
아기사슴

그들은 따뜻하게
환영을 해주고는

자장면을 사 주었다

가입 원서인데
별건 아니고
먹고 나서 써주면
돼요
끄덕
끄덕

근데 여기
뭡하는
동아리에요?
모르고
왔냐

앞에 간판에 있는 손 모양 봤죠?
네

우리는 〈수지침〉 동아리에요

건강의 책
침통
똥통

?

나는 어쩐지
수지침 동아리에
가입하게 되었다
...

아, 그리고 저녁 때
행사가 있으니
들렀다 가요
행사?!

오늘의
행사는
신입생 손에
침 놓아주기
어떤가요?
시원해요!
목이 술술
돌아가는
느낌!
이런
걸까?!

알고 보니 행사란...
이런 것이었다

나는 술에 약하다

털썩

살아남을 수 있을까…?
여기서…??
안녕하세요

라고 나는 굳게 다짐했다

술자리송

술판을 벌이자
소주 맥주 안주 반주
오고가는 술잔 속에
싹트는 정나미

소화가 안된다면
토를 하고 와도 돼
하지만 눕지는 마
여긴 집이 아니야

술판을 벌이자
소주 맥주 안주 반주
오고가는 술잔 속에
싹트는 정나미

#3 돌마 전설

짱은 나의 꼬임에 넘어가서,

우리 동아리에 발을 들이게 되었다

그러고 보니 짱은 술을 좋아했었다

나의 목적은 다른 것 보다
'그 선배' 였지만

아직 이렇다 할 대화조차
나누지 못하고 있었다

〈유일하게 나눈 대화〉

99학번에
'토마'라고 있는데,
개랑 같은
하숙집 산데

'토하고 또 마신다'라고 해서 '토마'라고 불러
어감은 귀엽지만 기분 나쁜 별명이다..!!

근데 그거 아냐? 걔 1학년때 별명이 '쇠톱 토마'였어
쇠톱 토마?!!

토마
주 무기 : 쇠톱
원 샤핫!
아님 쇠톱을 쓸 거임

아냐 아냐~ 생긴 건 곰돌이처럼 생겼어~
곰돌이?!!

그리고 '익명 선배'의
증언에 따르면...

그리고는...

화장실에 가더니
한 시간이 넘도록 나오지를 않는거야

토마는 화장실 문을 안에서
걸어잠근 채 아무런 인기척이 없었어

방법이 없었던 우리는
주인 아주머니께 말씀을 드렸고

아주머니께서는 쇠톱으로
잠금 걸쇠를 잘라내야 했어...

토마는 그 더러운 화장실 바닥에서
옆에 동그랗고 커다란 피자를
만들어 놓은 채(?)

세상에서 가장 평온한 모습으로
자고 있었어

토마 전설 끝

왠지 모두가 위로해 주었다

호감도가 +10 상승했습니다

나람에게 와요...

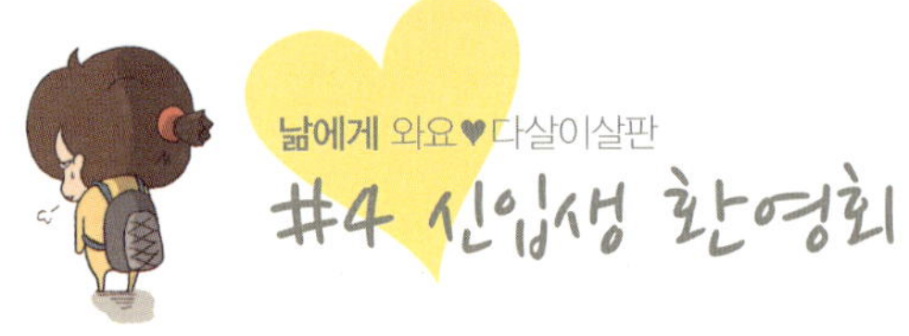

#4 신입생 환영회

신입생 환영회는 과나 동아리 등에서
신입생을 환영해 주는 행사지만

주로 술자리다

선배들이 신입생에게
관례처럼 술을 권하고,
자신의 주량을 잘 모르는 신입생들은

멋모르고 받아 마시다가
사고가 나는 일도 있었다

요즘에야
그러지는 않겠지만

당시만 해도 악습의 잔재가
남아 있었기에

운동화에 막걸리를
따라 마시게
한다는 둥,

너무 많이
마시게 하기 때문에
옆에 구토용 통을
가져다 놓는다는 둥

별의별 소문이 많았다

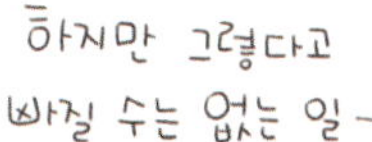

하지만 그렇다고
빠질 수는 없는 일 —

우리는
'적당히 현명하게'
마시러 갔다

신입생 여러분 환영합니다
이 사람이 쇠톱 토마...?!!
하지만 곰돌이가 아니라 팬더잖아?!!
묘사를 제대로 해줘요...!!

선배들 편하게 생각하시고 맛있는 것도 많이 얻어 먹고 그러세요

낡의 선배 '쇠톱 토마'(별명)

오늘은 환영하는 의미에서 가볍게 이 정도만 다 마시면 됩니다

물론, 소주로요
콸 콸 콸 콸

주어진 양을 신입생들끼리
모두 마셔야 하는 것이기 때문에

이윽고 마지막 주자의
차례가 될 때 쯤이면

서로서로 최선을 다해
마셔 주어야 하는 것이다

사는 데 별로 쓸데없는 우정 같은 것이 싹트기도 한다

몸을 가눌 수 없게 된 짱은
익명 선배의 등에 업혀 이동해야 했고

당시 상황 증언

정신을 차려보니 나는
누군가가 끌어주는 봉 같은 것을 잡고
걸어가고 있었다

온 거리가 빙글빙글 돈다

누구지 저 사람...

등짝이 멋있게 생겼다..

흐에... 역시 만두 선배였어...
어쩌 멋있다 했어

말해주고 싶다...
등 부분이 멋있다고...

남에게 왔요...

#5 신입생 환영회 그 후

다음 날,
엄청난 숙취와 함께
잠에서 깼다

차츰 정신이 들자
어제의 기억이 물결처럼 밀려왔다

어떻게 2차에 왔는지 모르겠지만,
어쨌든 술집에 도착해서
자고 있었던 것이 기억난다

그리고 나서는 왠지 집

그리고 기억이 가물가물한
부분이 또 있었으니...

끝까지 기억이
나지 않았고...

학교에 도착해 보니

모두 상태가 좋지 않았다

나는 사람들이 정신 차리라고
손을 하도 따집서

안군은 어제 편의점 앞에
쭈그리고 있다가

안군!
그만가자!

별안간 아이스크림을 꺼내 먹어서
선배들이 돈 내줬대

달다
뭐하는
짓이여?!!

그 정도면
양호하네
고치?

아참, 근데 너
어제...
기억
안나지?
뭐?

뭐...?
나 어제
뭐...?!

2차에서 자다가…
안군

나…
만수 선배가 좋다

우키키키키
으쿠크키캬큭

얼레
뭐어어어
~?!!
짱은 몰랐구나

잠깐
애초에 그래서
이 동아리에
든거냐?
나를
끌어들인
것도???
꼭그런 것은
아니고요..

더 이상 비밀이 아니게
되어버렸다

PS 평소에도 즐겨 먹습니다

달다

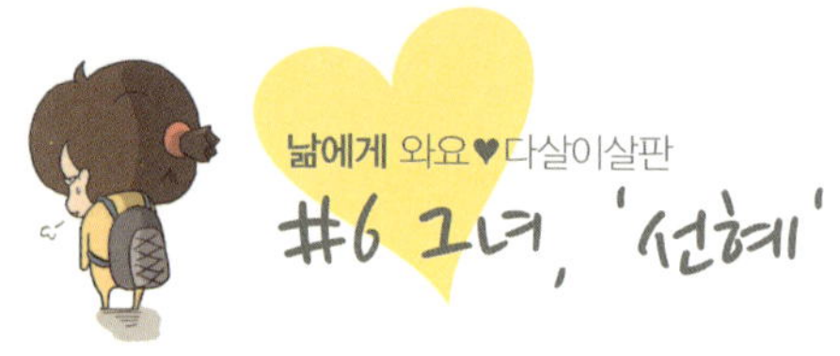

#6 그녀, '선혜'

세상의 많은 것들이 그러하듯,
연애나 사랑에도 '빈익빈 부익부'가 있다

이런 사람들이 있는가 하면

아닌 사람들도 있다

연애의 은총에서 소외된 자들

나의 친구 선혜(가명)로
말할 것 같으면

당연 전자다

우리는 오랜 동네 친구지만

만날 때 마다,

- 라고 말하며 실제로는
절대 먹지 않는 정도의 '친구'다

다만 같은 동네이다 보니,
우연히 지하철에서 만나
함께 등교하는 일이 생기곤 하는 것이다

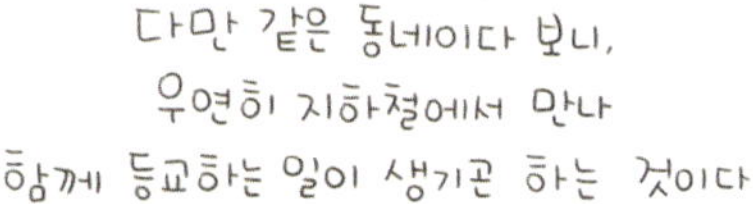

그렇게 예쁜 것도 아닌데...

너무 부담스럽지 않으면서
은근히 호감을 나타낼 수 있는 행동이란
어떤 것들이 있는 거지?

이 선배의 경우는,

그랬더니 엄청나게
열심히 도와주고.

결정적으로는 저번에
전공 책을 빌리려는데...
오빠, 저 이번에
○○과목 듣는데
혹시 예전에 쓰던 책
있으세요?

자기가 있다면서
며칠 뒤에 빌려 주더라고
공부를 많이 안해서
거의 새 책이야
와-

그런데 나중에 알고 보니...
뭐야
이거?
웬
영수증?

자기한테 책이 없으니
일부러 사서 빌려준 거더라구
어제 날짜로
되어 있네..?

왜,이런 일이
종종 있잖니
짜증나..!!
안그래?
노력이
가상하지
하지만 현실에
이런 일이 진짜
있다니...

어쨌든....
만수 선배한터
써먹을 만한
방법은 아니구나
아쉬비

어?
만수오빠!!
뭐얏?!
만수 오빠
아아양?!

선배
안녕하세요
굽 다소곳
어?
서로
알아?
안녕

만수 오빠랑 나랑
수업 같이 듣거든
같은 조야
그렇구나
우린
같은 동아리
세상 좁네

헉! 근데 우리
이러다
늦겠다
수업
있지
아

난 이쪽으로
가볼게 -
응, 잘가~!

언제 밥 한번
먹자, 진짜루~
응

후-

부럽다...!!!
운도 좋지
만수 선배랑
수업을 같이 들어?
게다가
같은 조

호박은 것...!!!
호박이 넝쿨째 굴러와도 모를 걸

쏴아아아

뭔가 있겠지 뭐...!!
나란 여자
쿨한 여자
없을 땐
있으려니 한다

아, 그럼
나래야-
너도 걔처럼
남자한테 교재를
빌려봐봐

오빠 혹시
예전에 쓰던
교재 없으세요?
응, 없는데

나한테는 그냥
없다고 하던데
...?

그들의 허망한 웃음 소리는
봄날 하늘에 한 가득
흩어졌다고 한다

낮엄에게 와요...

#7 원투원

현실은 그보다

험란하다

쑥뜸을 뜨고 있는 복학생 선배들

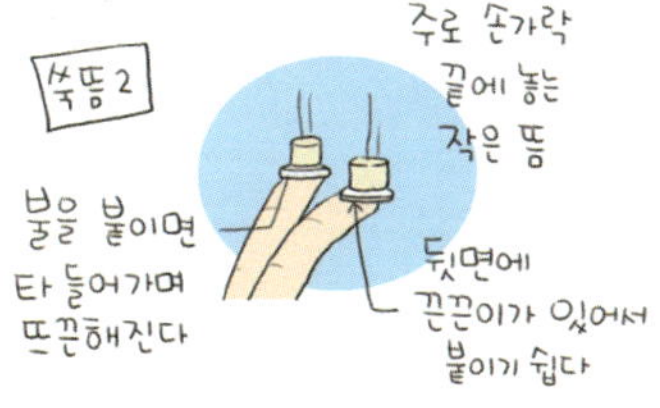

게다가 혹여 토마가
운동이라도 하고 들어오는 날이면

환상 절대 없음

그렇게 놀다가 수업에 들어가면

뭔가 크게 잘못되어 가고 있다는
생각이 들 무렵…

'원투원'이란 선배와 후배를 한명씩 짝지은 다음
맛있는 것도 먹으러 가고 이야기도 나누게 하는 행사이다

상대는 사다리 타기로 정한다

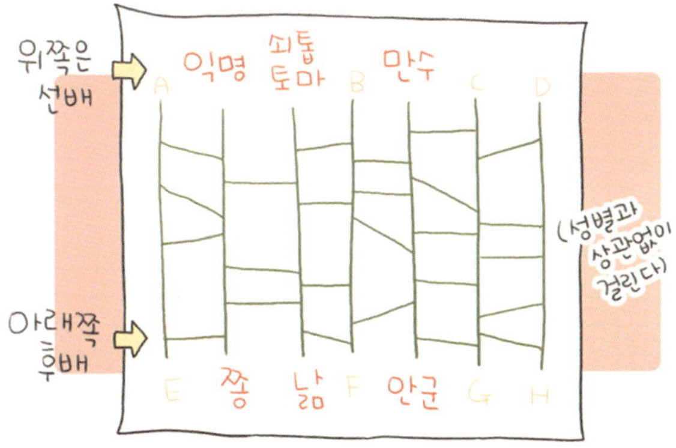

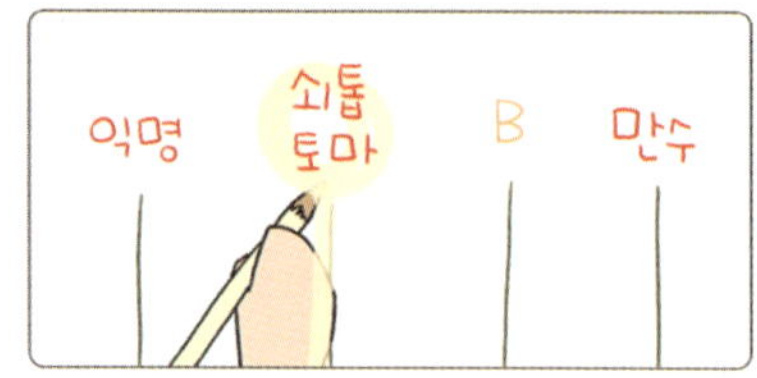

삶이 나에게 그런 행운을
허락할 리가 없었다

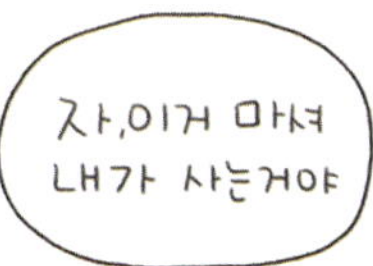

토마와의 선후배 만남은
매점에서 시작되었다

이런 거

저런 거

벤치에 나란히 앉아
수줍은 듯 대화 나누기

알았어, 그럼
해보고 싶었던 거 얘기해
그거 하러 가지 뭐

이미 '누구와'의 시점에서
틀려먹긴 했지만...

그래도 해 보고
싶었던 것이라면-

쏴아아아

'현실'은 늘 환상과는 다르지만

좋다....
차아아아

'맛'이 있는 것은 언제나
현실 쪽이다

인생
뭐 없어

끄어어억~

가끔은 현실감이 지나치긴 하지만...

그리하여 햇살 찬란한 그 봄날에
파릇파릇한 교정에서 우리는
고량주를 즐겁게 마셨고

불어 오는 바람 속에서
나는 깨달았다

내가
'쑥뜸 냄새를 풍기며
잔디밭에서 맥주를 한캔 마신 뒤
자장면에 고량주를 마시고
대낮부터 취한 여대생'
이라는 것을..

확실히 뭔가 크게
잘못되어 가고 있었다

남에게 와요...

나림에게 와요

혼잣말로 중얼중얼 사랑에세이

2장
작전 봄나들이

#8 안균

나는 요즘, 안균의 비밀을
알아 버린 듯한 느낌이 든다

그 때, 신입생 환영회 이후로
그녀를 보는 눈빛이 심상치 않다 했는데

며칠 전, 별 것
아닌 것을 계기로

하지만 역시 심증일 뿐

느낌은
확실한데
말이지
친구로써
챙겨줄 수도
있단말이지

안군은 언제나
착하고 상냥하니까

나래야
너, 나한테
얘기했다
나래야, 너도
남자한테
교재를 빌려봐

어쨌든 그 둘이 잘 된다면
나는 왠지 퍽 쓸쓸해질 것 같다

셋이서 걷다가
비라도 오면
얼레?
이런 모양새가
되겠지…
나좀
울어도
될까

그래도 나는 친구니까

응원해
주겠어~!!
쿨한
여자

가끔은 손가락 끝까지 쫄쫄이

일단 확실하게 하기 위해서...
직접 대고 물어보고 싶은데...

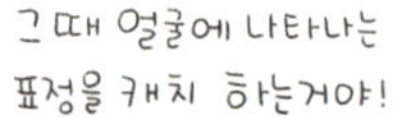
자네... 우리 쫑을
어떻게
생각하나?

시가아아아~ㄹ
한대
피겠나

하지만 너무
분위기를 잡고 물어보면
오히려 말을 안해
줄지도 몰라

완전히 방심하고 있을 때
갑자기 물어봐서

좋아해?

그 때 얼굴에 나타나는
표정을 캐치 하는거야!

뭐.. 뭐라는
거야...

잉?

꺄악(!)

안군은 얼굴에 금방
나타나는 타입이고

내가 이런 걸 물을 줄은
전혀 모르고 있을 테니까

괜찮은데?
마이 플랜

난 혹시
천재...?

이러면서

틈을 노리고 있을 때쯤.

기회가 왔다

1. 혼자 있다.

2. '매점'이라는
   캐주얼한 공간

3. 완전히 방심하고 있다.

혹시 쫑을 좋아하는거 아냐?
우와~ 나 무지 자연스러워 타고났나봐

아니, 그냥 두개 산 건데
와 악

지금... 분명히...

이 아이...
좋아하고 있어..
쫑을...

안군 화이팅!

나는 요즘,

자꾸 이상한 기분이 든다

어딜 가나 낡이 있는 듯한 기분...

그 후로 뭔가...

그때, 괜히 그런 이야기를 해서

086

음료수를 사고 있는데
갑자기 낢이 와서는

안굥!
스샤샥

엄청나게 부산을 떨더니

날씨 좋네 그치?
힐끗
저봐라~ 지렁이~

이건 뭐야!
하나는 쫑에게 주려구?
…

너 쫑을 무척 좋아하는 모양 이로구나?
무지 어색해…!!
준비한거 엄청티나!
딱딱~

하지만 나도
준비해 왔기 때문에
평범하게 대답했는데

아니, 그냥 두개 산건데

황악ㅡ

어쨌든 그게 이 아이에게
뭔가 확신을 준 것 같다

앞날이 걱정된다....

나 꿈에게 와요...

#9. 좋아하는 마음

상대방에 대한 마음이 언제나 서로 같다면
인류는 얼마나 더 평화로울 수 있었을까

하지만 세상에는
뜻대로 되지 않는 것들이
얼마든지 많다

누군가를 좋아하게 되는 것도 그렇다

난데 없이,
꼭 풀어야만 하는 문제지를 받은 기분

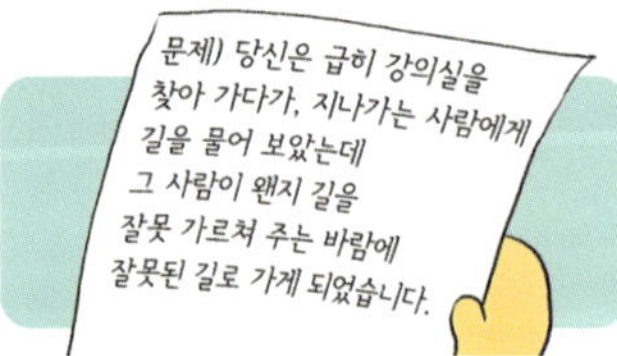

오오, 그런데..
오 저런! 어쩐지 농구를 하던 그를
마주치게 되었고, 아니..?!
얼레...???

어쩌다 보니 그를
좋아하게 되어버렸습니다.

이제 어떻게 하시겠습니까?

1. 말도 못 꺼낸 채
   시간만 보낸다

2. 멋지게 대쉬하여
   사랑을 쟁취한다

3. 어떻게든 친해져서
   좋은 친구가 된 다음
   어떻게든 연인 관계로 발전한다

하지만 답안에서 가장 중요해 보이는
부분들은 나는 2,3번이 애매한 나머지
알 수가 없어서

2. 멋지게 대쉬하여

　　3. 어떻게든 친해져서

○애매하게 되어 있다

할 수 없이 1번을
택해놓고

구린 인생을 보내고 있을 때 쯤

나에게도...

기회가 왔다

방금 잠긴 걸 열고 들어갔다

둘만 있을 수 있는 기회다!

일상적이면서도 여성적인 매력을
어필해야지..!!!

하지만 동방에 들어가려고 했을 때,

나긋나긋한 여성의 목소리가 들렸다

누군지 보고싶다…!!
하지만 문틈이 너무 좁아…

나는 엿들었다는 죄책감 때문인지

빛의 속도로 도망치고 말았다

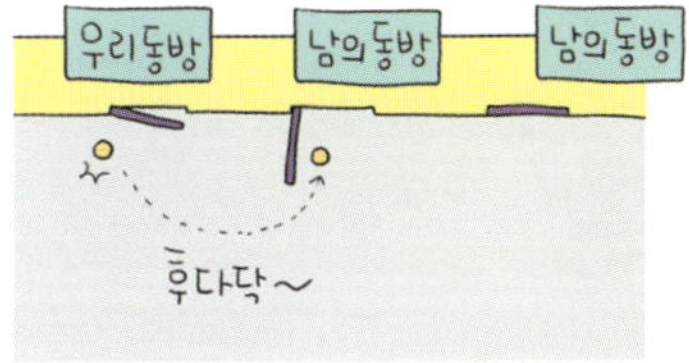

열려 있는 남의 동방 문 뒤로…

결국, 왠지 모를 광년이가
문에 붙었다고 판단한
어느 한 분이 나오셨고

나는 당황하여 별일 아니라는 듯
대답하고 말았다

이게 아니라는 생각과 함께
나는 왠지 도망치고 있었다

상황이 더 이상
최악일 수는 없다고 생각했을 때.

이 모든 것을 지켜보던
이가 있었으니...

바로 쇠똥 토마였다...

남편에게 와요...

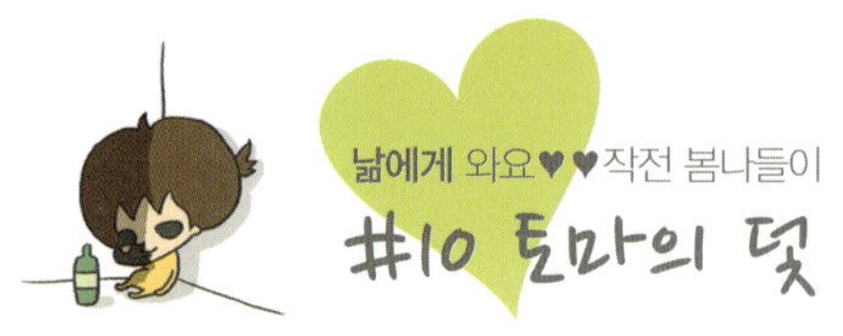

낡에게 와요♥ ♥작전 봄나들이

#10 토마의 덫

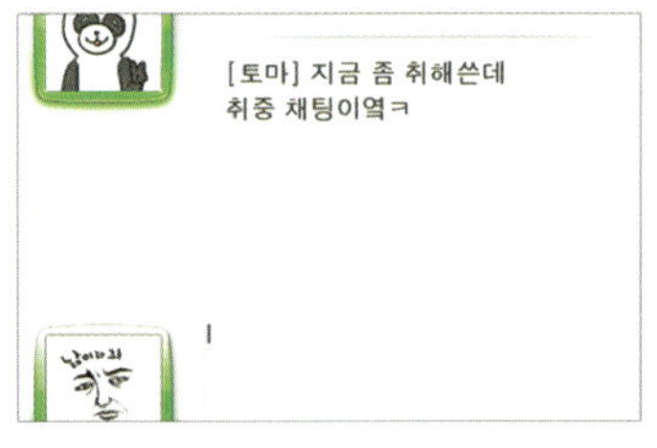

[토마] 지금 좀 취해쓴데
취중 채팅이역ㅋ

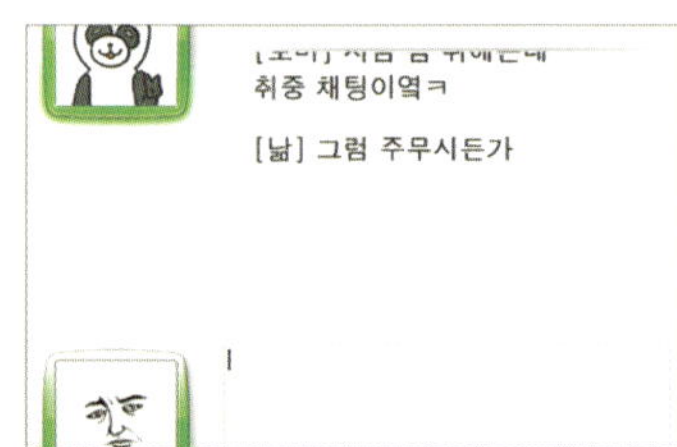

[토마] 지금 좀 취해쓴데
취중 채팅이역ㅋ

[낡] 그럼 주무시든가

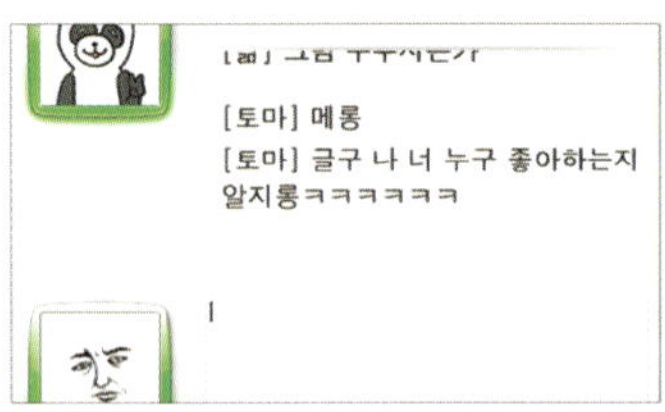

[낡] 그럼 주무시든가

[토마] 메롱
[토마] 글구 나 너 누구 좋아하는지
알지롱ㅋㅋㅋㅋㅋㅋ

쇠톱 토마는 시덥잖고 가벼운 인간이었지만,
모든 술자리에 늦게까지 남아 있었기 때문에

의외로 많은 것을
알고 있곤 했다

게다가 입도
가벼운 편이라
'래디오 톰'
이라고도 불린다

나는 그가 그걸 보았으리라고는
꿈에도 생각하지 못하고

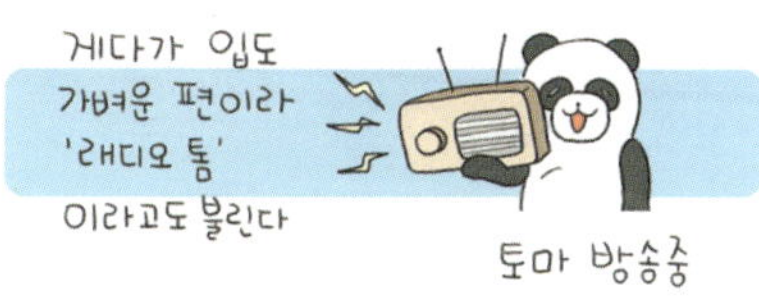

술자리에서 뭔가를
들었을 거라 추정했다

짧은 순간 동안

온갖 생각이 스쳐 지나갈 때가 있다

온갖 가능한 답변들이 주마등처럼 스쳐 지나가는 동안

저쪽에서는 더 엄청난 일이
일어나고 있었으니,

나의 메신저 화면이 하숙집에 있는
몇몇 동아리 사람들에게
생중계 되고 있었던 것이다

메신저가 1대1 대화가
아닐 수도 있다는 걸

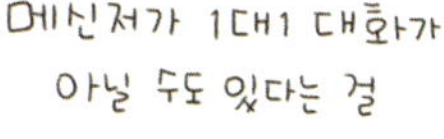

당시에는 몰랐다…

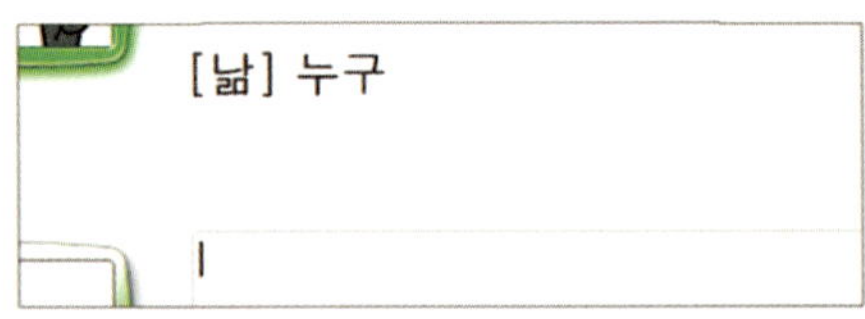

[낢] 누구

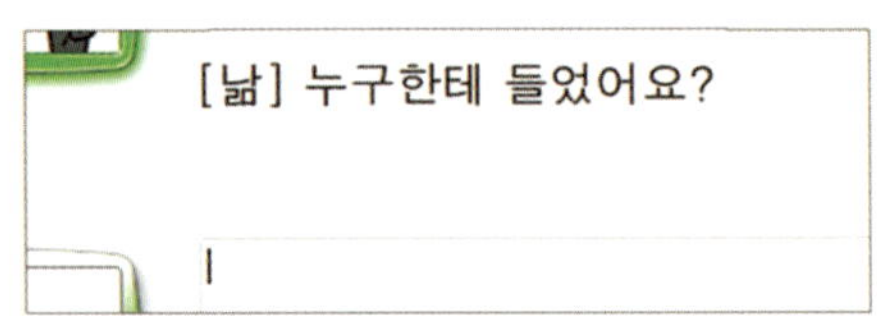

[낢] 누구한테 들었어요?

A. 누가 그래요?

B. 누구한테 들었어요?

하지만
이미 끝난 일

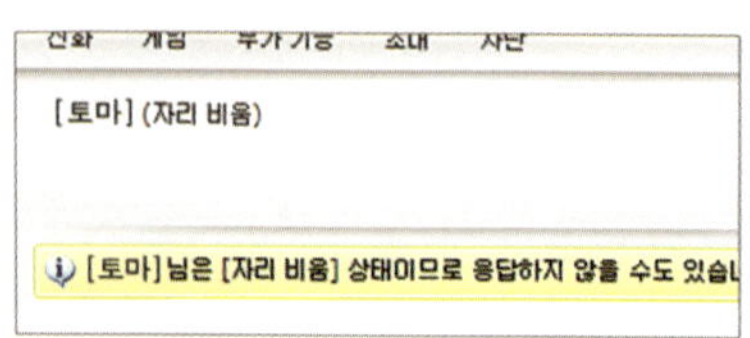

세상 만사
뜻대로 되는 것이 없었다

나림에게 와요...

#11 토마의 덫, 그 후

모두가 나를
이런 눈으로 보고 있었다

남자, 여자, 선배, 동기 남녀 노소
할 것 없이 모두가 이렇게 보았다

그리고 마침내 토마를 만났을 때,

그는 자신이 아는 것을 토해 내었고

그래서 그런 거였어~?
이리와서 털옷 벗고
어금니 꽉 깨물어!!!
진짜 진짜 미안합니다 .....

그가 내 인생에 원흉이었음을 깨달았다
술 먹고 아무 생각이 없었어 ....
미안 진짜 미안 ...
하아 하아

근데 이미 엎질러진 물이니 그만 신경 꺼
누구 때문에 엎질러 졌는데!!!

야, 진짜 미안 내가 오늘 끝나고 술 살게
한잔 하자

니네 동기 애들 다 같이 와 맛있는 술로 살게 ~
토마는

언제나 민폐를 끼치지만
악의가 있는 것은 아니다

술과 사람을 사랑하며
유유자적 쓰레기처럼
살아가는 쇠통 토마

어찌 미워할 수가 있을까 —

게다가 토마 말대로
이미 엎질러진 물 —

대인배인 내가 용서...

오히려
잘 된 걸 수도 있어
다 같이 도와주면
되잖아
아 네
콸콸콸

근데
나래야~
다같이 도와줘서
잘 되었다는 경우를
별로 못 봤어...

그건 그래...
...
상냥한 표정으로
지적하지만
안군...!!

캬~
아무튼!
좀 더 있다가
말하려고 했는데
사고친 김에
얘기해야
겠다!

나....
곧 있으면
군대 간다...

소톱 토마가

군대를...?

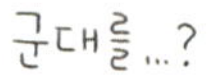

낢이사는 이야기

남꿈에게 와요...

#12 봄나들이

이 믿음이 가지 않는 무리가
나를 도와주겠다며 나섰다

동아리방에는 동아리원들의
수업 시간을 표시해 둔
커다란 시간표가 있었다

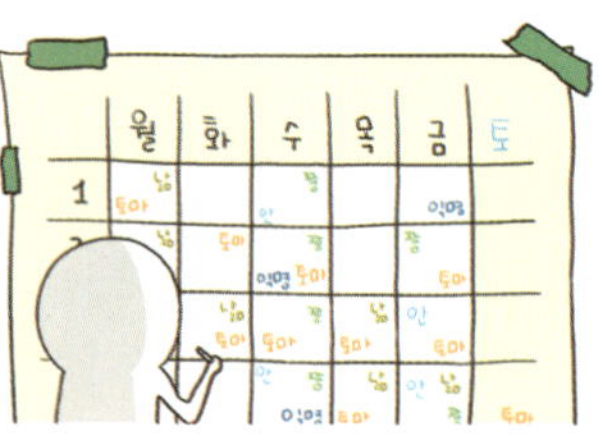

그것을 보고 만수 선배와 우리들 모두
수업이 없는 시간을 골라

봄나들이를 간다

그리곤 자연스럽게 다같이 놀다가
수업이 시작되기 30분 전

아닛?!

다른 약속을 잡거나 딱히 뭔가
하러 가기도 애매한 시간을 남겨두고
세 사람이 슬쩍 빠져 준다

바…
바보들..!!

이름하여,

작전명
봄 나들이

그 와중에 나는 은근슬쩍 토마를 꼬여 내어

불이야!
예쁜
여성
이다!
어디?
어디?
공짜
술이다!

안군과 쫑이 둘만의 시간을
가질 수 있도록 도와주어야겠다고 혼자 생각했다

토마는,

남자에게
어필하려면 역시
섹시함이지!
그날은 좀
드러나는 옷을
입어봐

라고 조언했지만

왠지
섹시하지 않고
없어 보인다..!!
어째서 ...?
누덕
누덕

별 도움은 되지 않았다

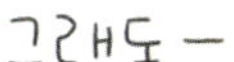

그래도ー

차아아아아

시간이 흘러가는 게
아까울만큼,
벚꽃이 예뻤다

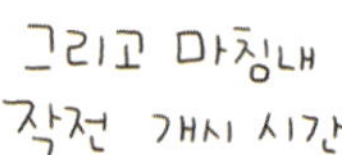

그리고 마침내
작전 개시 시간

아이쿠
그럼 우리는
먼저 가봐야
할것 같네

그래 맞아
그것!
그것이 있어서
가 봐야돼

그래
그것
그치?
그것
'그것'이라는
단어 좀
그만 말해!!

그리고 나는
미리 파악해둔 익명 선배의
위치를 이용하여

아, 맞다!
아까 익명 선배가
오빠 찾던데?

모르겠어요
공대 매점에
계신다니까
한번 가보세요

그럼 우리도
가볼까?

이렇게 해서 —

일단은 작전에 성공하게 되었다

자연스럽게 무슨 이야기라도…

흐아악....
'제발 앉으세요' 라니...
이번에는 엄청나게 없어보여...

진정해, 진정.. 나도 인간이다.
휴먼비잉~
다른 인간과의 대화 정도는 기본적으로 가능해

무리하지 말고 천천히 ...

근데 다음수업 어디야?
OO관이요 △△△들으러 가요

아~그 교수님~ 블라블라
블라블라 블블라~
왠지...

아~그 수업 나도 들었는데 무슨 교수님?
빰빠라밤 교수닝이요

마음이 편해...

그날 우리는,
20분이나 이야기를 했고

세상이

아름다워
...!!

모든 것이 빛나 보였다

한편. 영문도 모른 채
만나게 된 토마와 익명선배

나림에게 와요...

PS 이제 뭅하지...

술이나 마씨러 갈까

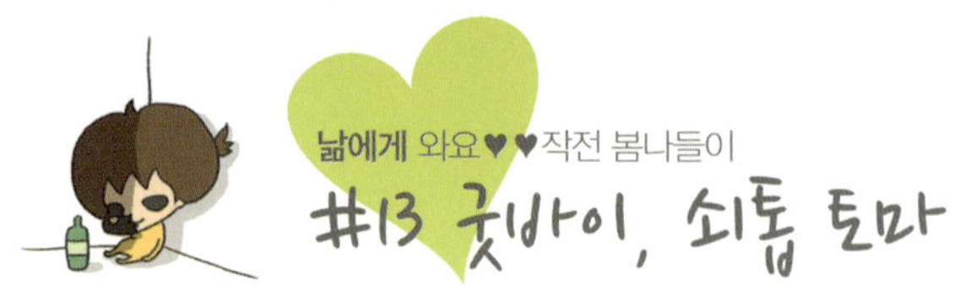

왠지 시간이 흘러도 변하지 않고
떠나지도 않고 늘 그 모습 그대로
있을 것만 같은 사람이 있다

동아리 사람들에게 쇠톱 토마란,
그런 존재였기 때문에
그의 떠남에 우리들은 모두

진정으로 아쉬워 했다
그리고 다들 그게 의외였다…

그리고 토마의 환송회 날,
그야말로 성대한 술판이 벌어졌고,

자리를 조금
옮겨볼까...

술에 취한 토마가 계속해서

나는 바람이나
쐬고 오기로 했다

남!

만수선...
배...?

아, 뭐야
당신
이었나
뭐하냥

우아
취한다
저기…
팬더씨…

토하려면
들어가서
토해요
안토해!!!!!

야, 내가
사실...

미안해...

뭐가...
소문을 내서
미안해..

하아
완전
소심팬더
그러고 보니
이 인간...

이제 한동안
못 보겠구나
하도
깽판을
쳐서
없애버릴
생각만
하고 있었네
끌끌

그래도
저번에는
도와줘서
고마웠...

어요...
눕지마!!!

이보쇼!!
여기 눕지
말고
당신네
나라로
돌아가요!!

결국 동별회의
주인공이었던 토마는
마지막까지 폐를 끼치며

그렇게 멀어져가고 말았다

굿바이! 쇠톱토마

낢에게 와요...

그는 동방 근처 아무데나
버려져 있었다…

남편에게 와요

혼잣말로 중얼중얼 사랑에세이

3장
이슬이 라이프

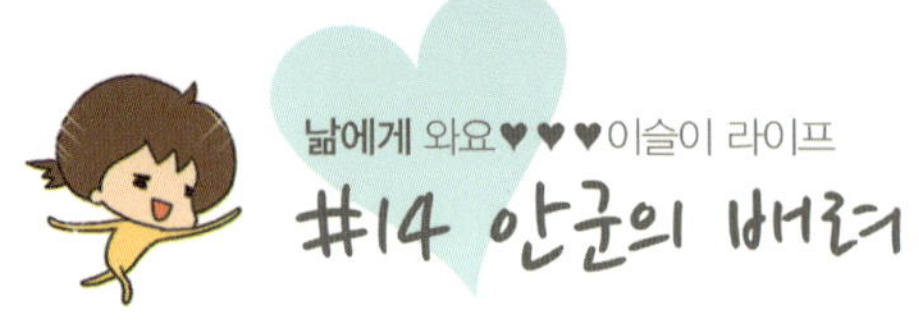

#14 안군의 배려

어제의 이야기를 시작하였다

어제 다들 집에 가려는데, 쫑이 무척 취한 것 같았어.
다른 때는 선배들이 데려다줘서 괜찮았지만
어제는 다같이 많이 마셔서 정신이 없었잖아.

내가 데려다 줘야겠다고 생각했어.

하지만 이렇게 말할 수가 없었어.
왠지 부끄럽고.. 마음을 들킬 것만 같고...

친한 친구를
좋아하게 된다는 게 그렇잖아.
아슬아슬 줄타기를 하는 것처럼..

그녀도 나에게 호감이 생기고,
이렇게 되면 더없이 좋겠지만,

아무튼, 괜히 어설프게
마음을 들켜버릴 경우엔..

좋은 친구관계 마저
망쳐버릴 수가 있거든.

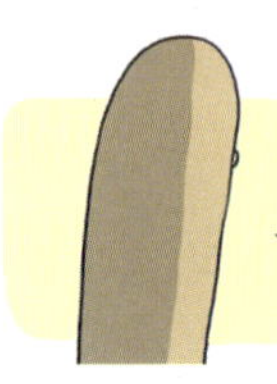

그래서 그녀가 눈치채지 못하게
몰래 따라갔어.

그래도 쫑이 걱정이 되었던 나는
그녀가 무사히 집에 들어가는 것을
확인하고 돌아오기로 했지.

왜.. 왠지
멋지다!
로맨틱한
녀석..!!

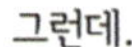

그런데..
호이호~
위익-
끼익-
돈 좀 가진 것
내놔봐~

이자식들!!

그녀를
퍼
억-
내버려
둬!!!

아무튼 그래서,
그녀가 무사히 집에 들어가는 것을
보고 돌아오려는데

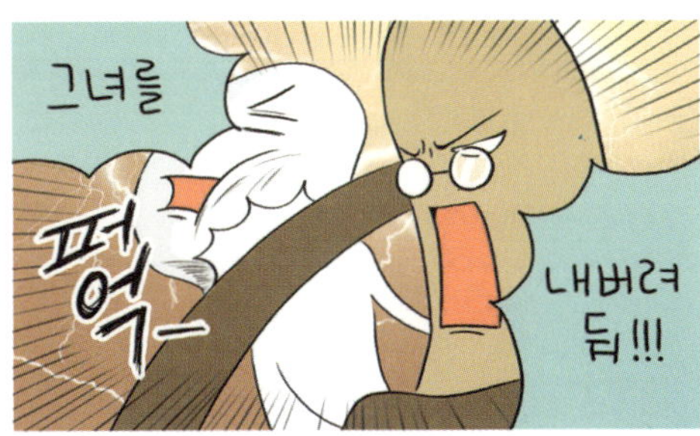

아무튼 그래서,
그녀가 무사히 집에 들어가는 것을 보고
돌아 오려는데

우당탕탕
탕탕

좌좌좌악~

재미보다 현실을 중요시 한다!!!
역시 '늙에게 와요'

남에게 와요...

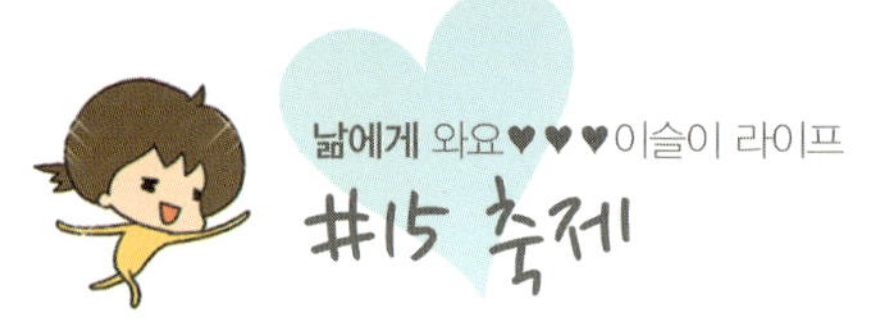

#15 축제

5월은 축제의 달
축제 때는 여러가지 행사나
동아리들의 공연들과 함께

'먹거리 장터'가 열린다

장터에서는 술과 함께
간단한 음식을 판다

우리 돌아다니면서 파인애플 팔 건데
목에 걸 문구 좀 그려줘

눈에 확 띄고 강렬하게 부탁해~
흐응

시원한 파인애플!!!
천원우으악-!!!

강렬하지?

낮동안 장터를 위한 준비를 끝내고
파인애플이
천원~
장보러 가자
그래~

날이 저물면 선후배들이 한데 모여
이야기판(술판)이 벌어진다

그날만큼은 모두 취해있어서

반쯤 미친듯한 상태가
되기도 한다

일전의 대화 때문인지
술에 취해서인지 나는
그가 무척 친근하게 느껴졌다

선배~ 근데요~
선배는 왜 여자친구가 없어요?

성격이 이상한게 아닐까요?

큭쎄
하하하하하
하하하

만수야!
어?
응
무우-

내가 또 왜 그랬지.
왓츠 동 위드 미

이런 자리에서는 왠지 꼭 게임이 시작되곤 한다

하지만 묘하게 열심히 하게 되었다

그렇게 엄청난 집중력으로
게임에 임하던 중...

하지만 반쯤 미친 사람들이
만수 선배에게 달려들어

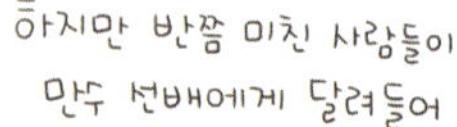

양말을 벗겨가고 말았다

그렇게 축제의 밤은 깊어 갔다

나림에게 와요...

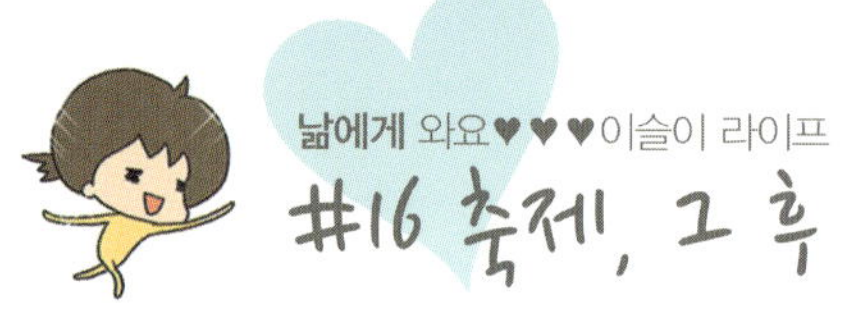

#16 축제, 그 후

정신이 들고 보니 나는 정체 모를
담요를 덮고 동방에서 자고 있었다

날이 밝아오자 사람들이 하나둘씩
잠에서 깨어 나기 시작했다

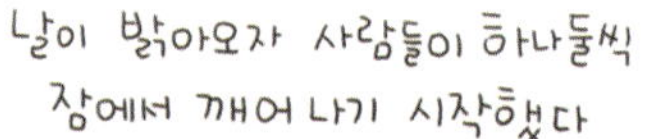

사람이라기 보다는 거의
좀비에 가까웠지만…

어어 우어
우 우우 어
우우 어

좀비들은 아침 지하철을 타고
집으로 돌아갔다

저는 이쪽으로
가볼게요

우리는 다
이쪽 방면
이네

그때였다

저 잠시 들렀다
갈 데가 생각나서
이쪽으로 갈게요

잉?

뭐지?

들를 데?

?

이런
피곤한
와중에?

나는 고삐를 풀고 달아나려는
희망적인 생각들을 겨우 다스려 붙잡았다

라고 물으며,
머리속이 마구
복잡해 졌다.
아니 오히려 하얘졌던 것
같기도 하다.
복잡하면서 하얘졌다.
혼이 잠깐 나갔던 것
같기도 하다.

그는 한참동안이나
말을 고르는 것 같았다

다른 사람 같았으면
뭔데?!
편히 얘기 혀~!!
이랬겠지만...
나는 인내심 있게 기다렸다

있지...
네
나래야

너도 학교에서 밤샜구나~

어, 안녕
네? 선배 뭐라구요?
지잉~

아니야 나중에 얘기하자

그리하여 결국 셋이서
의미 없는 대화를 나누다가

선배는 떠나버렸다

하지만 집으로 가며 선혜와
대화를 하는 동안에도

설레는 마음은 가지지 않았다

늙어가는 이야기

님에게 와요...

PS   그냥

그렁
다구

#17 기회

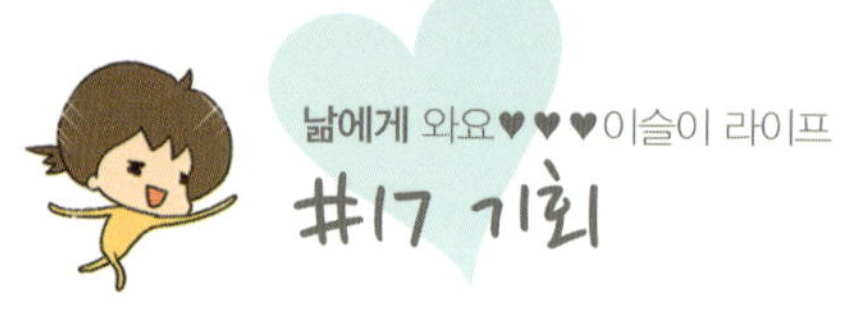

양말이
없어졌대
뭐?
뭔 양말?
축제날 나무에
걸어놓은 만수선배
양말 말이야
다음날
없어졌대
의심~
의심~
왜 나를
의심하는겨?!!
니가
가져간 거
아니었어?
아···
아니야!
내가 그걸
왜···?!
그나저나
그게 문제가
아니고···

나는 그날 있었던 일을
쫑에게 이야기했다

선혜라면 이렇게 하겠지

오빠~ 저거
너무너우 맛있겠다♡

좋아! 오빠가 잡아줄게!!
나만 믿어!
꺄~

너 같으면...

물고기....
맛있겠다....

직접 잡아서 구워먹겠지

맛있겠다~
불도 피웠음

어기 여기~
고기를 잡자

그치?
진짜
그럴것
같다…

약한척을
하라는 건
아니지만
우리처럼 해서는
'기회'가 잘
만들어지지 않아

뭐가 친해질
'기회'가 있어야지
니네가 만들어줘
저번처럼 …
'기회'

싫어
모이들 줄게~

그리고 동방에 도착했을때

좋아하는 사람이 있어서…

나는 최대한 표정에
드러내지 않도록 노력하며

좋아하는
사람...?

동방을 빠져 나왔다

낡이사는 이야기

남에게 와요...

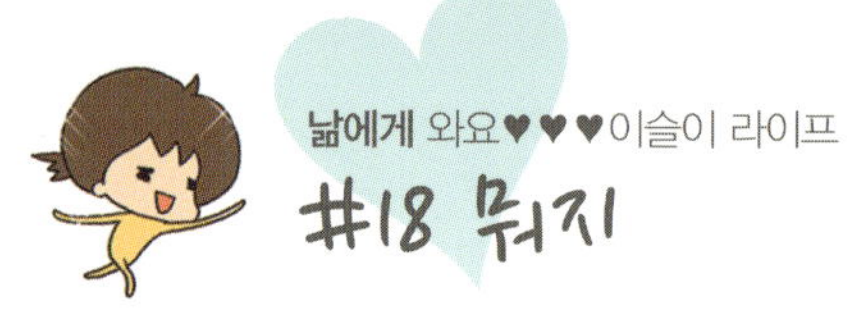

낡에게 와요♥♥♥이슬이 라이프

#18 뭐지

만수 선배가 좋아하는 사람이
있다는 이야기는 금새 소문으로 퍼졌다

수근
수근
수근
수근
이두근

누구일 것
같아…?
혹시…나?♡

넌 그만좀
나와!!!
히힝히힝!!!

따그닥
따그닥

이런 때에….

나는 왜인지 토마가
보고 싶다는 생각이 들었다

막 물어볼 수 있었을텐데…

휘잉

헛것을
보았나

나 왠지
토마를
본 것같아

어디서?
지하철에서
심하게 비슷한
뒷모습 이었어

그러고 보니
며칠 전에 …

[토마] 쇠톱토마

온라인
상태더라구

흔 같은걸
남겨놓고
갔나??
복학생이 아니면서
복학생이라 불린 자

에이~
다른 사람
이겠지!
그럼!
한창
훈련받고
있을 텐데

훈련소에 입소하면 먼저
신체검사나 적성검사 등을 받게 되는데

결과에 따라 집으로
돌려 보내지는 사람도 있다고 한다.

토마는 입대 전
술을 너무나 마신 나머지
간수치 이상으로 귀향조치 되었다.

며칠 학교에 있으면서도
아무에게도 연락을 하지 못했다고 한다.

근데 그러면
다시 입대
해야 되는 거..?

푸하하하하

라고 우리는 입을 모아 말했다

그래도,

어서 와,
어서 와

낡이사는 이야기

176

남에게 와요...

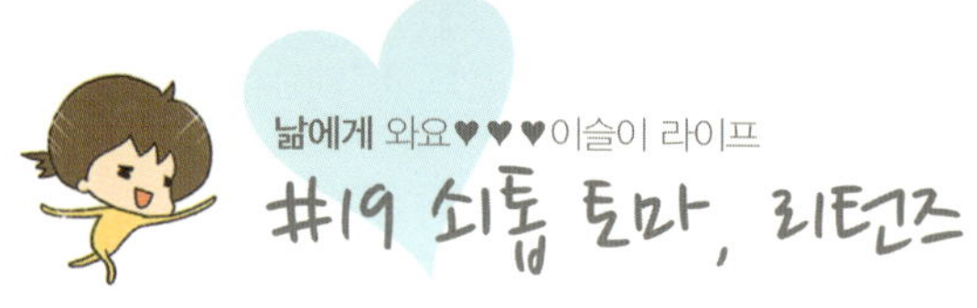

#19 쇠통 톤마, 리턴즈

그는 자신있게 외쳤다

마침 그 주에는
MT가 있었고

가자~
선발대 다왔나

나는 술에 취해 망발을 한 기억이
아주 조금 있었기에,
이번에는 마시지 않기로 했다

정신을 똑바로 차리자

몇시간 후-

론리 나잇!

론리 나하 아아핫-!!!!
시끌
시끌
하하하
와글
와글

'정상적'이라는
개념은
얼마나
상대적인가...

취객들 사이에서 정신을
똑바로 차리고 있자니
내가 미친 것 같았다
넌 왜
눈이 두개니?
정상이
아냐
이상해

게다가 의무를 망각한 채
날뛰는 팬더...
기억 속에
남는
모습으로
~!!!

후~
덥다
덥겠지

아, 맞!
내가
물어보기로
한 그건...

초고속 카메라 촬영

짧은 순간이었지만 나는

그가 활화산이 되려는 것을 알았다

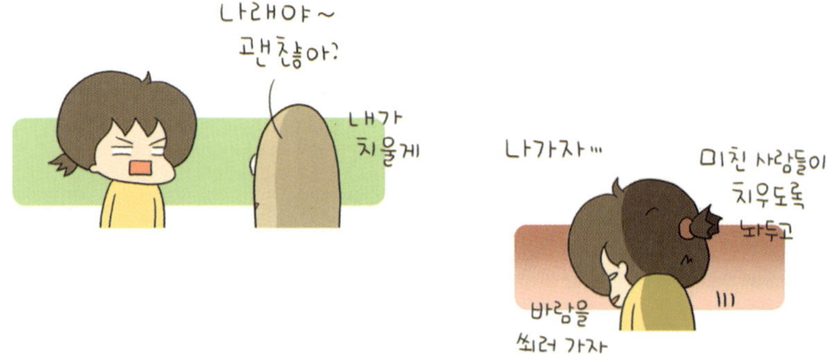

그렇게 저녁이 가고
밤이 되자 사람들이
하나 둘 쓰러져 자기 시작했다

<생존자들>

너
'론리 나잇'
이라는 노래
아냐?
네,
흐헝

론리 나잇~♪
론리
나하잇~
♪

론리 나잇
론리

나잇...
ZZZ

재웠어...
선배를
재워 버렸어...
그것도
터무니 없는
방법으로..

형,, 근데
저...
할 말 있어요

낢이사는 이야기

나람에게 왔요...

#20 마음을 움직이기

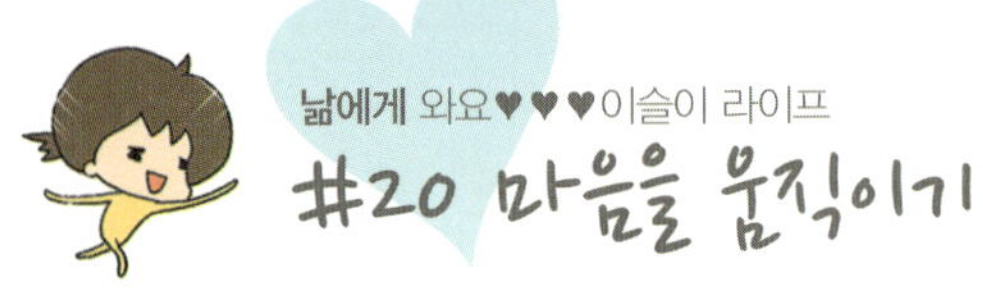

날이 밝았다

용감 무쌍한 고백 이후
뜬눈으로 밤을 새운 안군은
지하철에 앉자마자
잠이 들고 말았고

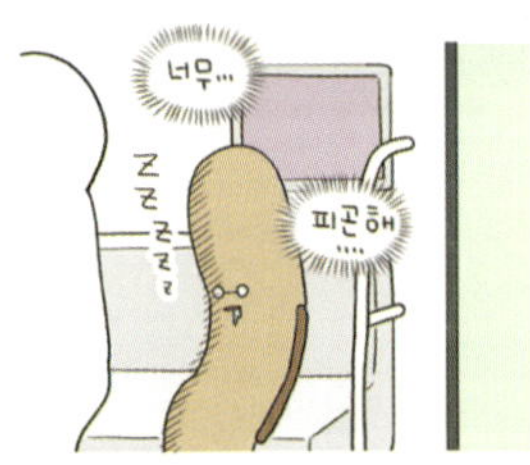

일어나보니 내려야 할 역을
한참 지나쳐 있었다

하지만 2호선은 순환선

그리고 다시 숙면...

깨어나 보니 시간은
1시간이 지나있는데

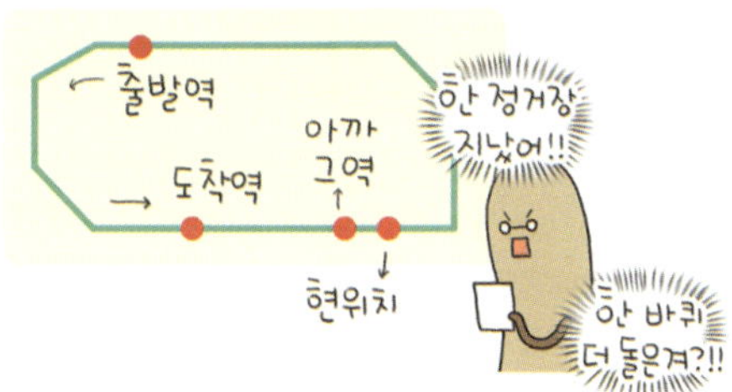

결국 2호선 두 바퀴를 돌아

집에 도착했다고 한다

다음 날부터 안균은

쨩으로부터 도망다니기 시작했다

안균이 그러고 있을 때 즈음

쇠톨 토마는 도서관에서

다른 사람의 마음을
움직이는 법을 쓸데 없이
정리해 보고 있었다

방법 1. 상대방에게 작은 호의를 베푼다.

여기
음료수
내 꺼,
사는 김에
샀어

상대가 심리적으로 '빚진 상태'가 되면
부탁을 들어줄 가능성이 더 커진다.

그런데
있잖아
…

만두야!!
어디가?!

이거…
사는 김에
같이 샀어
?
마셔

형, 저한테
뭐 바라는 거
있죠?
엥?!
아냐! 임마
나는 음료수도
못 사주냐!
실패

방법 2. 상대방이 거절할 법한
엄청난 부탁을 한 뒤

처음보다 작지만 원래 바라던
부탁을 한다.

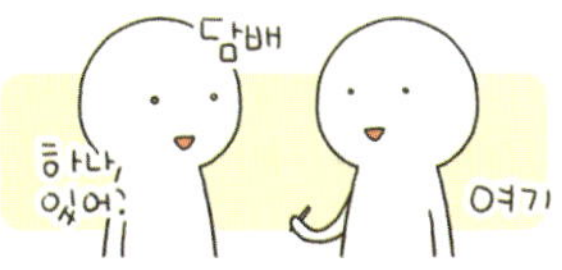

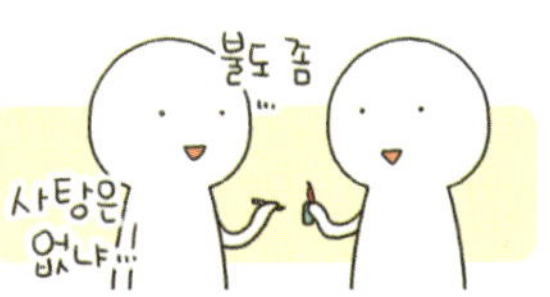

그는 몸도 마음도 쇠똥 토마여서
살기가 힘들었다

그래서
결국은 실패
했다는 이야기?
음…
시무룩~

괜찮아요…
이젠…
뭐…

사귀기로
한 거야
?!!
남의사는 이야기

남에게 와요...

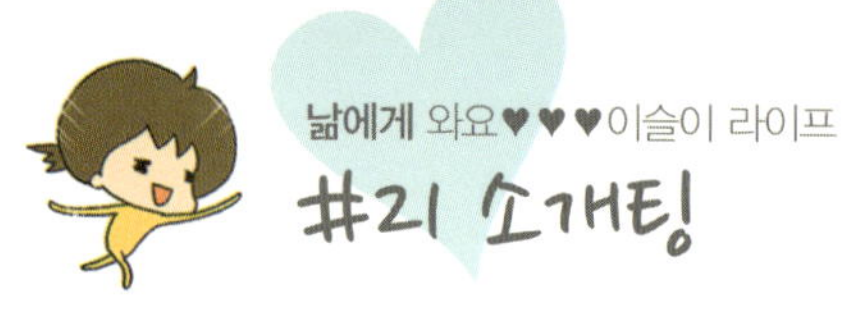

우리는 자초지종을 들었다

어떻게든 이야기를 해야겠다 싶었지.

뭐, 그렇고 그렇게 되어서

사귀게 되었다고 한다

하지만

아끼는 친구들의
좋은 소식에도 불구하고

왠지 우리는 우울 노선을
겪고 있었다

나는 그때까지 소개팅을
한번도 해본 적이 없었기에

사실 나는 고등학교때 써클 활동 같은 것을 하지 않았었는데

루돌프식 인재 채용

이렇게 해서

왠지 '여자 축구부'에
들어가게 되었다

하지만 전문적인 성격의
운동부는 아니었고
취미활동 정도였기 때문에

공이 오면 몰려가는 여자들

나는 '필드'의 '미들' 부분에서
조금 뛰어다닌 것이 전부였다

엄청 솔직하게 말하고 말았다

친구가 어디서 물방개를 잡아왔는데
너무너무 귀엽더라구요

그래서 모임을 조직해서
연구 일지도 쓰고 그랬죠

우리는 과거에 했던 온갖
어리석은 일들을 이야기하기
시작했고

자폭중

마지막에는 별안간
장래희망을 논하며 끝이 났다

아이 들을 낳아
한가로운 교외에서
알콩달콩....

만화로 돈을 많이 벌어
생일상에 고기를....

축 생일
여러
분응
우물
고마
워묘우~
우물

그리고 암묵적으로
연락을 하지않게 되었다

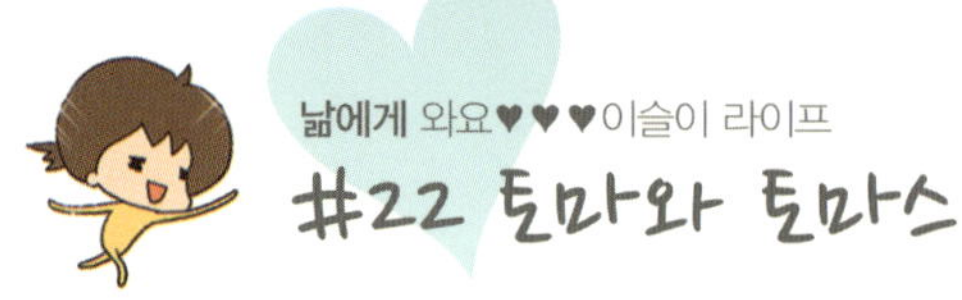

낡에게 와요♥♥♥이슬이 라이프

#22 토마와 토마스

그러게 미드필더인 건 왜 얘기하냐?
그러게요
ㅋㅋ

근데 그 분도 물방개를…
신입생 환영합니다
다삭

왠지 외국인이 한분 계셨다

오!
마침 잘되었다!
나는 수업이 있어서
JB

월드컵
보러 오셨는데
학교 구경하고
계셨대
너희들이
이야기 좀
나누어드리고
그래라

아……
저기……
그럼 간다!
콰앙

……

오오마이
갓뜨!!!

저도 도서관에
책 반납을
하러 가야해서
쏘리
맨~

이따봐요!
아……
콰앙

이렇게 해서

쇠톱 토마는 토마스와
둘이 남게 되었다

잠시 후

토마가 지친 표정으로
동방에서 나왔다
휴우
10년은 늙어보여!

넌 도서관 간다며...
ㅋㅋㅋ 이제 갈라고
ㅋㅋㅋㅋ

무슨 이야기 했어요!
축구 얘기

내가 말해줬어
우리 팀은 이번에 막강하다
우리에겐 홍명보도 있고
안정환도 있다
호-

오오!
그걸 영어로??
어떻게??

그리고 마지막에는
따뜻한 환영의 멘트도
잊지 않았다고 한다

그럴싸
한데?
엇
근데
저거…

만두
아니냐?

낡아가는 이야기

남님에게 와요...

날 봄에게 와요

혼잣말로 중얼중얼 사랑에세이

4장
기대와 현실

#23 열심히 수업을

나는 그 날 이후 계속 밤잠을 설쳤고

며칠째 기억이 없었다

그렇게 꽤 오래
숙면을 취하다가

쓰읍!!

잠에서 깨어보니 왠지
모두가 나를 쳐다보고 있었다

?

나가서
세수라도
하고와요
교수님
헉!
아뇨 교수님!
괜찮습니다
죄송합니다!

그 때, 사람들이 묘하게 나를 보며
웃는 것 같다는 생각이 들었는데

?
기분
탓인가…?

나중에 안군에게 들으니

너
아까…

놀란 안균이 나를 깨우려고
작은 소리로 불러대었지만

내게 들릴리가 없었고

옆사람,
그 학생 좀
깨워

저…
저기요…

쓰읍!!

?
뭐지?

이렇게 되었던 것이다
안군
나…

이 수업
수강 철회할까?
지금부터라도
열심히 들을
생각을해!!
해결 방법이
글러 먹었어!!

아무튼 나는
수업 끝나서
집에간다
그럼
바이

휴

이렇게 잠이나 설치며
시간을 보내는 건
정말 바보 같다는
생각이 들었다.

나는 선배에게
양말을 선물하기로 했다

남이사는 이야기

남럼에게 와요...

PS
뭐가 좋을까?
비싼데?
이거 살까?
이거

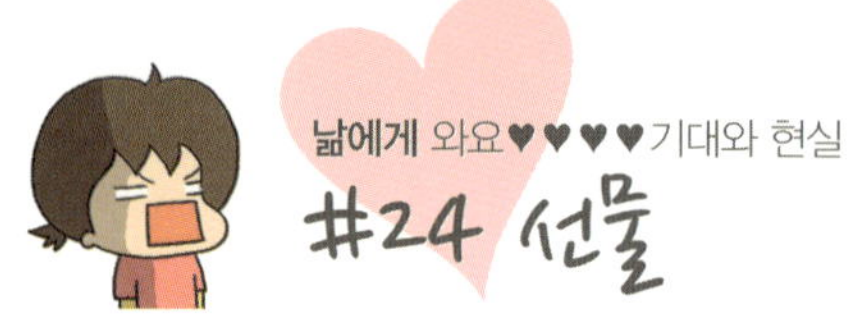

#24 선물

화장을 하기 시작했다

입어본 적 없는
꽃분홍색 옷을 샀다

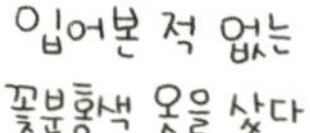

뭐…

뭐야! 너도 여기 세일 코너에서 샀냐?!
너도?!!!

꽃분홍 시스터즈가 되었다…

그의 시간표를 대충 알고 있었기 때문에
공강 시간에 그가 동아리 방에 오면
조금 담소를 나누다가

그가 일어나 나갈 때쯤,

그는 바로 나갈 것이기 때문에 어색하지 않고,
내가 마음 쓰고 있다는 걸 은근히 전달하는 거다!

그렇게 발걸음도 가볍게
동방으로 향하는데

마침 그가 동방으로
가고 있었다

꽃다발...?

근데 웬 꽃이에요?
아, 이거?

나 조만간 좋아하는 사람에게 고백하려구

용기가 잘 만나서 일단 꽃을 샀어
시들기 전에 고백 하려구

와- 넘좋은 방법이다-
화이팅

아…저는
과제가 있어서
화장실에…
가야
해요
과제하러
화장실에?!

먼저
가볼게요~
그래
안녕

쿠르르르릉_

양말을 줄 수가
없었다
투둑
투둑

쏴아아아아

야! 비오는데 뭐해?
양말은 젖었어?

으억!
화…
화장…

다 미워…
낢이사는 이야기

남에게 와요...

#25 꽃다발

드라마에는
남자 주인공이
있다

그리고 그와 과거에
히스토리가 있다든가 하는
돈 많고 아름다운
여성이 있고

어려운 현실 속에서도
씩씩하게 살아가는
여자 주인공도 있다

그녀의 씩씩한 모습에
남자는 마음이 흔들리고...

그런 그녀를 시기하여 훼방 놓는
여자와 여자의 친구들
어디서
까부는 거야!!
혼내줄테다!!

그리고 씩씩한 그녀를 응원하는
그녀의 친구들도 있다
VS

군중인 거다
VS

군중 중에서도
지나가는 행인 이라거나
맨 뒷줄에서 구경하는
가장 비중 없는 사람…
안 보여…

희망이 있었던 게 아니라
희망을 '갖고 싶었던' 거다

한잔 마셔!
마셔!

소개팅 또
시켜줄게
다 필요없어!!!
흐어엉-!!!

깽판 칠 거야!!
안녕
하세요
미드
필터
유니폼 만들어서
입고 갈거야!!
세상 다
산 여자

너희 둘은 어때?
안 싸우냐?

뭐… 아직
까지는요…
발그레~

다음날까지 나는

계속 혼돈 상태에 있었다

상상되는 장면

치키-
SS
Fresh

꿀컥
꿀컥
꿀컥
꿀컥

크~
시원타!!!
왜 저러지..?
술도 못 마시는
애가..?
무슨 일이
있나?

너
뭔일 있냐?
일은~그냥
시원한 거
마시고 싶어서
그러지~
단도
직입적

술에 약한 이 모녀는
맥주 한 캔을 나누어 마시고

즐거운 상태가
되고 말았다

그리고 다음날…

'맥주 마시고 잔 사람의
얼굴 형상'을 한 채
학교로 향하던 중.

어?
만두선배?
왜 저렇게
우두커니
앉아있지?

선배! 뭐하세…

요…?

남이사는 이야기

꽃...
다발..?
남이사는 이야기

남에게 와요...

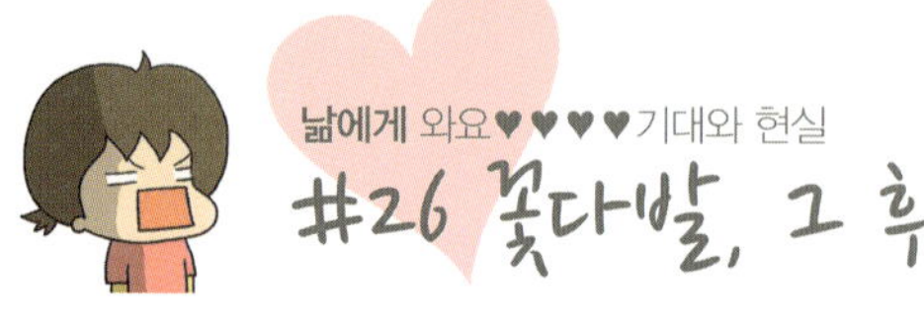

나는 몹시 놀란 나머지

라고 외칠 뻔 한다.

머리 쪽이 하얗게 된 상태로

어느 한가로운 벤치에 앉았다

사실 축제날, 내가 너
좋아하는 사람이 있다는 걸 들었어

너도 알고 있겠지만 나도
짝사랑 하는 사람이 있는데……

내가 그런 쪽에 많이 서툴기도 하고,

이 사람은

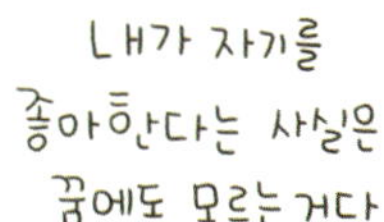

왠지 짜증이 났다

드라마에 나오는
돈 많고 아름다운 여성이라면
이렇게 할 것이고,

긍정적으로 씩씩하게 살아가는
주인공이라면 이렇게 했겠지만,

나는 군중이라서,

일반인이라서,

누군가를 좋아한다는 게
쉽지 않은 사람이라서,

좋아하는 사람에게 다가가는 건
더욱 쉽지 않은 사람이라서,

그런 주제에 희망을 품고
설레 했던 내 자신에게

왠지 화가 났다
그냥
고백하세요
선배

응?
여기서
이럴 거면 애초에
꽃은 왜 들고
왔어요?
뭔가 결심이
있어서 꽃도
산거잖아요!

그의 잘못이 아닌데…

바보같이
이러지 말고
꽃 시들기 전에
고백하란
말이에요!!!!
버러어어억-!!!

헉헉
헉
놀라서 또
눈알 상실

그래
니 말이
맞는 것 같다
너도 고민이
많을거라 생각해서
서로 나누면 좋겠다
싶었던 건데…

…가봐야
겠다
미안
아…

이게
아니야
…!!

뭔가
이게
아니야..!!
서…

선혜에요?!!

…….
…뭐?
낢이사는 이야기

나꿈에게 와요...

#27 고백

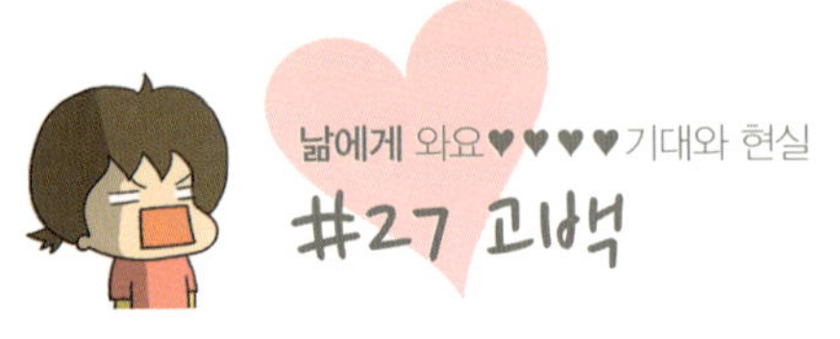

왠지 자꾸
눈물이 나려고 했다

그는 조금 놀란듯한
표정이 되더니…

라고 차분하게 말하고는

꽃다발을 든 채

조그맣게 멀어져 갔다

그 후 며칠동안 나는
만수 선배를 보지 못했고

동아리에는 소문이 돌기 시작했다

만수,
차였다더라
누가
그래요?

'사람들'은 무섭다

몰라, 사람들이
그러던데
꽃 들고 가서
고백 했는데
차였다고

동아리든 뭐든
사람이 모여있는 곳에는

천리
히힝
히힝
발 없는 말
(1마 다역)

소문이 퍼진다

한편 나는 그날 이후
내내 마음이 무거웠다

그리고....

만수 선배의 양말이 나무에 걸렸던

다음 날 아침...

그래서 사실은 내가 가져왔다

양말을 돌려주며
이야기 해야겠다고 생각했다.

다음 날,

바보처럼 이야기 하고
말았다

봄이 가고.

여름이 오려 하고 있었다

남에게 왔요...

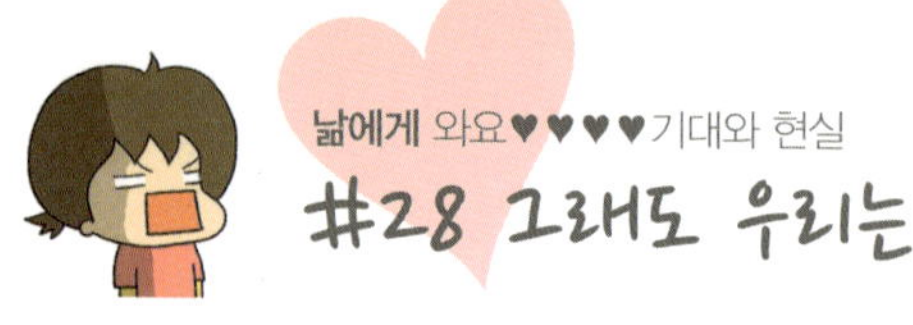

#28 그래도 우리는

봄이 가고,
당연하다는 듯 여름이 왔다

변한 것 없이
날씨만 꾸역꾸역 더워졌다

농담을 할수 있을 정도로
조금의 시간이 지난 뒤

그럼
고백하러 가서
양말만 늘어놓고
와볼까
팬더의
털을 좀 벗겨
볼까

만수 선배는 쇠톱토마와
한잔 했다고 한다

마셔요~♡

같은 과였던 그녀는
만수 선배의 고백을
정중히 거절했다고 한다

내가 좋아하는 사람이
나와 비슷한 마음으로
다른 사람을 좋아하는데,

?

다른 사람은 그를
좋아하지 않는다니

으…

훗날 만군은 그녀와의 일에 대해
이렇게 말하였다

그녀에 비하면 왠지
보잘 것 없어 보이는 나…

내 진정한 모습 중에는
혹 실망스러운 모습도 있지 않을까?

그때에도 그녀가 나를
좋아할 수 있을까?

좋아 한다는 건.

서로에게 똥배가 없음에
반하는 것이 아니라

서로의 똥배를
어루만져 줄 수 있는

그런 따뜻한
마음이라고 생각해

Epilogue 1

안군과 쫑은 1년 반 동안 알콩달콩 사귀다가
지금은 헤어져 좋은 친구로 지내고 있다.

쇠톱 토마는 그 해 여름, 갑자기
예쁜 여자친구를 사귀어
모두에게 소개 시키더니

한 달 만에 차이고
군대에 재입대 하였다.

선혜양은 그 후에도 놀랄만한
연애 기술과 경력을 선보이다가

좋은 분을 만나 2년간의 연애 끝에
결혼에 골인하였다.

그녀는 지금도 행복하게 살고 있다.

만수 선배와 나는 그 이후
편한 선후배 사이로 지내었다

연재가 시작하기 전, 나는 그에게
일방적 사전 통보를 하였고

사랑 [명사, love]
인간의 근원적인 감정으로
인류에게 보편적이며, 인격적인 교제,
또는 인격 이외의 가치와의 교제를
가능하게 하는 힘.

시간을 거듭하고 나이를 먹어도
결코 쉬워지지 않는 성질의 것.

우리들은 여전히
서툴고, 소외 받은 채

삽질을 멈추지 못하고 있지만

뭐여, 그 녀자!
처음부터 그랬당게!
그래, 차라리
잘 되었어!

어디
가죠?
차였으니까
한잔 해야지
...

여전히 사랑을 한다.

Special thanks to.
출연을 허락해 주신 쫑, 안군, 쇠톱토마, 선혜,
익명선배, JB, 그리고 강강송 외 다살이 살판 여러분
+ 도움 주신 Y, JK, KS, SH에게.

Epilogue 2

'낡에게 와요'가 한창
모 포털에 연재되고 있을 때,

만수선배로부터 문자가 왔다.

허락을 받기는 했어도,
만족한다니 왠지
다행스러운 마음이 들었다.

한편, 쇠톱 토마는 주변에
자랑을 했다고 한다.

자랑할만한 내용이 아닌데....

결말에 대한 독자분들의 반응도 다양했다.

예를 들면,

"그 때 제대로 전하지 못한 마음을
이제서야 만화로 '간접 고백'한 것이
아닌가요?"

"만수 선배가 '꽃다발을 주었으나
고백에 실패한 사람'은 사실
서나래씨를 말한 것이 아니었을까요?"

- 등등의 해석이 있었다.

아무튼 정신없는 것은 여전해서,

18화

원고에 실수도 많이 했지만

무사히(?) 끝나게 되어 다행이다.

나오는 사람들

...외 다수

혼잣말로 중얼중얼 사랑에세이
낡에게 와요

초판 1쇄 2011년 6월 7일
　　2쇄 2011년 8월 5일

지은이 서나래

발행인 김우석
편집장 이정아
책임편집 안수정
편집 손모아, 서랑례
기획 이용환
마케팅 공태훈, 김용호, 김혜원
디자인 땡큐마더
인쇄 코리아프린팅

발행처 중앙북스(주) www.joongangbooks.co.kr
등록 2007년 2월 13일 제2-4561호
주소 (100-732) 서울시 중구 순화동 2-6번지
구입문의 1588-0950
내용문의 (02)2000-6290
팩스 (02)2000-6174

ISBN | 978-89-278-0220-4 13810
ⓒ 서나래, 2011

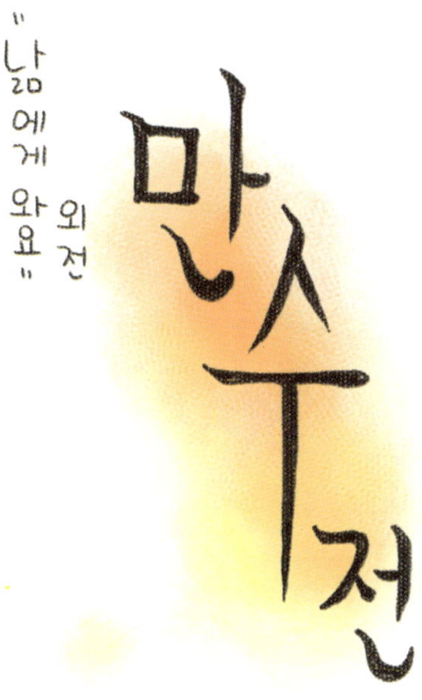

"만수전"은 본편과 달리
상당부분 픽션이 포함되어 있으므로
사실과 다를 수 있음을 알려드립니다.

만수전 1

대충 넣은 수업이니 할 수 없지

나는 매사가 이런 식이었다

조금만 노력하면 남들보다
잘 할 수 있었지만

열정적으로 하고 싶다거나
재미를 느끼는 일은 없었다

그녀는 교양수업을 같이 듣는
같은 과 학생이었다

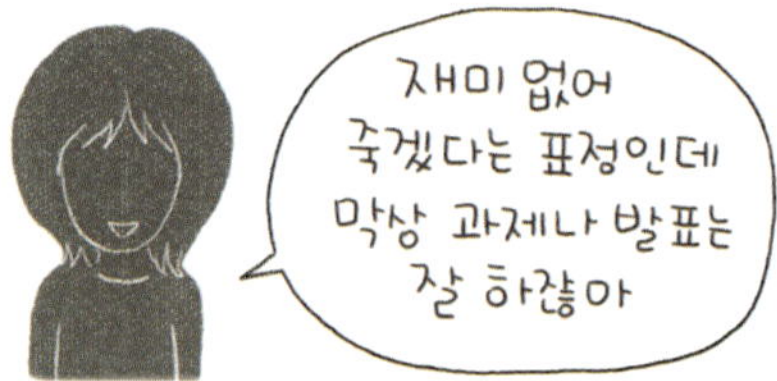

평생 살면서 특이하다는
말은 처음 들어본다

그 때부터 어쩐지
그녀가 신경쓰이게 되었다

이 동아리도……

딱히 수지침을 좋아한 것은 아니었는데
친구를 따라 몇 번 오다 보니
자리를 잡게 되었다

'어느 정도', '그런 대로'
내 다른 모습들 처럼 말이다

신입생과 이야기를 나누게 되었다

그녀가 있는 수업...

있잖아

누군가 나를 꿰뚫어 보는 듯한 사람이 있다면 말야
그 사람은 나에게 관심이 있어서 그런 걸까?
글쎄요
딱히 꿰뚫어 보는 것이 아니라 그게 그냥 선배 모습인 것 아닐까요?

이 애는 왠지 그날부터

나를 편하게 대하기 시작했다

축제때 들으니 이 생각 없어
보이는 아이도

누군가를 짝사랑 중이라고 한다

나름 고민이 많겠구나

하지만 그 후로 왠지
대화를 나눌 기회가 나지 않았다

한편, 수업과 조모임으로 그녀와
보내는 시간이 많아질수록

그녀를 좋아하는 나의 감정을
알게 되었고,

밤잠을 설치게 되었다…

이렇게 밤잠이나 설치며
시간을 보내는 건 정말
바보같다는 생각이 들었다

…

…

음?

음?

양말세일중

꽃 사세요

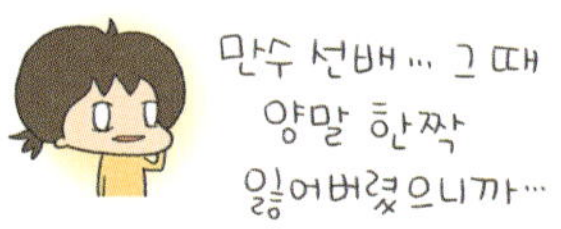

만수 선배… 그 때
양말 한짝
잃어버렸으니까…

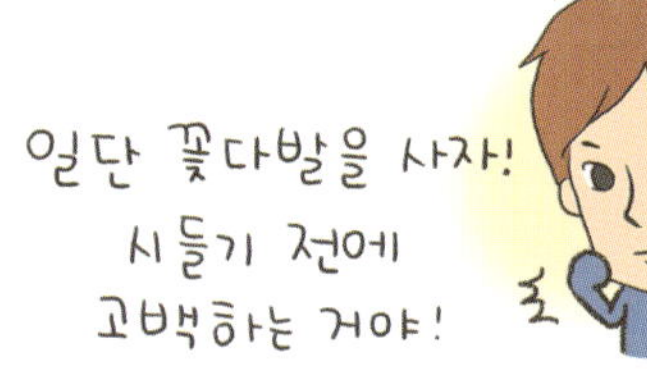

일단 꽃다발을 사자!
시들기 전에
고백하는 거야!

얼마에요?
양말세일중
얼마에요?
꽃사세요

남이사는 이야기

만수전 2

사긴 샀지만 역시 고민된다…

하지만 더 뭉기적
거리다가는 …

누군가에게 털어 놓으면
마음이 한결 가벼울 것 같았다

사실 축제날, 내가 너
좋아하는 사람이 있다는 걸 들었어

너도 알고 있겠지만 나도
짝사랑 하는 사람이 있는데……

내가 그런 쪽에 많이
서툴기도 하고,

넌 …
어떻게 했어?
고백 같은 거
했어?

아니요
아직 …

그냥
고백하세요
선배

응?
여기서 이럴거면 애초에 꽃은 왜 들고 왔어요?
뭔가 결심이 있어서 꽃도 산거잖아요!

바보같이 이러지 말고 꽃 시들기 전에 고백하란 말이에요!!!!
버려어어억-!!!

왠지 혼이 나고 말았다

하지만 그 말이 맞아

난 여기서 꽃을 들고
뭘 하는 거지?

처음으로..!!

그녀에게 고백하는 거다!

차였다......

차였으니까 한잔해야지
네, 형...

형„저요..
사실 다른 사람을 바보취급 했어요... 내가 정말 잘난 사람으로 알고요.. 근데 사실 제가 진짜 바보였어요 세계 최고의 바보요!
주절
주절
주절

뭐라고 주절대는 거야 이 자식!
중얼
그래서 진짜 바보같고... 내가... 그녀를
중얼
중얼

난 네가 바보인 것 알고 있었다
정말 요?

그랬다

서툴고 바보같았던
내 첫사랑의 추억은
여기까지다

영국의 소설가 아이리스 머독은
"우리는 오로지 사랑을 함으로써
사랑을 배울 수 있다."고 했다.

사랑에 고심하고 아파했던 21살의 날들이
반짝거리며 지나가고 있었다.

늙어사는 이야기